狐狸阿權

ごん狐

文｜新美南吉

圖｜周見信

譯｜林真美

步步出版

山中

1

這是我小時候，在村裡聽茂平爺爺說的故事。

以前，在我們村子附近，有一個地方叫中山，那兒有一座小城樓，據說裡面住著一位叫中山的城主。

距離中山不遠處，有一座山，有一隻叫「阿權」的狐狸住在那裡。

阿權是一隻孤單的小狐狸，他在長滿蕨類植物的森林裡挖了一個洞，當做他的家。不管是入夜或是大白天，阿權都會到附近的村子做一些調皮搗蛋的事。他會跑去挖番薯，挖完又隨地亂丟，或在晒乾的油菜籽莖上點火，或是拔走農家掛在後門的辣椒……。

有一年秋天。連續下了兩三天的雨，阿權哪裡都不能去，只能蹲在洞裡。一等雨停，阿權鬆了一口氣，從洞裡鑽了出來。天空放晴，伯勞鳥「嗶嗶」的叫聲響徹四周。

阿權來到村子的小溪邊。只見這一帶的芒草，前端都還掛著亮晶晶的小雨滴。一直以來，小溪的水都不多，但這三天的雨量，讓小溪的水暴漲。平常，溪邊的芒草或胡枝子的根都不會浸到水，但現在卻橫倒在混濁的水邊，隨著土黃色的水流浮動著。阿權踩著滿是泥濘的小路，往下游走去。

阿權猛一抬頭，看見溪水的中央有一

個人，正在忙著。他怕被發現，小心翼翼的往草深的地方走去，並在那兒靜靜的觀看。

「原來是兵十。」阿權默默想著。兵十捲起身上那件破破爛爛的黑色衣服，將下半身浸到水裡，用手動了動捕魚用的漁網。他的頭上綁著頭巾，側邊的臉頰有一片圓圓的胡枝子葉黏在上頭，看起來好像臉上有一顆好大的黑痣。

過了一會兒，兵十將漁網尾端裝滿東西的部分從水裡撈起來。裡面擠滿了草根、草葉、腐朽的木頭等等，不過，在這當中，還會看到閃著亮光的白色東西。那是肥鰻魚和大沙鮻的肚皮。兵十將那些鰻魚和沙鮻跟著一大堆垃圾扔進魚簍裡。然後，再度將漁網綑好，放進水裡。

兵十將魚簍拿上岸，再將它放在河堤邊，然後一副像要找什麼東西似的，往上游跑去。

一等兵十看不見了，阿權就從草堆裡

跳出來，跑到魚簍邊。他又想惡作劇了。阿權將魚簍裡的魚掏出來，對準擺有漁網的溪流，一一朝下游扔去。每隻魚都一邊發出「撲通」的聲音，一邊跳進混濁的水裡。

最後，他準備抓起又粗又肥的鰻魚，由於鰻魚的身體滑溜溜的，阿權怎麼抓都抓不住。阿權一個心急，把頭鑽進魚簍裡，用嘴巴咬住鰻魚的頭。鰻魚發出「咻」的一聲，用身體纏住阿權的脖子。就在這時，前方傳來兵十憤怒的叫聲：

「喂，你這個狐狸畜生。」阿權嚇得跳了起來。他想甩開鰻魚快逃，但是鰻魚緊緊纏住他的脖子不放。阿權只好帶著鰻魚往旁邊一閃，拼命逃開。來到洞穴附近的一棵榛樹下，阿權回頭看，發現兵十並沒有追來。

阿權鬆了一口氣，把鰻魚的頭咬碎，好不容易鬆脫之後，將鰻魚放在洞外的草葉上。

2

過了十天左右，阿權路過村民彌助家的屋後，他看到彌助的妻子正在無花果樹下化妝，把自己的牙齒塗黑。在路過打鐵匠新兵衛家的後門時，他看到新兵衛的妻子正在梳頭。

「嗯，村子好像有事。」阿權想著：

「到底是什麼事呢？是秋天的祭典

嗎？如果是祭典的話，應該會有鼓聲和笛聲。而且，一定會在神社掛上旗子啊。」

阿權邊走邊想，不知不覺來到兵十的家，他家門前有一口紅色的水井。只見這間破舊的小房子裡擠滿了人。女人穿著外出和服，她們的腰間繫著手巾，在門口的爐灶前起火。而大鍋子裡正煮著東西。

「啊，是喪禮。」阿權想：

「兵十家裡誰死了呢？」

中午過後，阿權來到村子的墳場，躲在六尊地藏的背後。今天的天氣很好，遠處城樓的屋瓦閃閃發亮。墳場開滿了彼岸花，一眼望去，像鋪了一塊紅布。這時從村子傳來「鏗鏗」的敲鐘聲。這表示出殯的隊伍就要出發了。

終於，隱隱約約看到前方有穿著白色喪服的人出現。說話的聲音越來越近。送葬的隊伍走進了墳場。當人們路過時，彼岸花也被踩扁了。

阿權伸長脖子往前看。他看見兵十穿著白服，捧著牌位。他的臉平時看起來紅通通的，像顆飽滿的番薯，可是今天卻好像快枯掉了，一點精神都沒有。

「啊，原來是兵十的媽媽死了。」

阿權一邊想著一邊低下頭來。

那天晚上，阿權在洞裡思索：

「兵十的媽媽一定是躺在病榻上，說她想吃鰻魚。所以兵十才把漁網拿出來。沒想到，因為我的惡作劇，把他的鰻魚取走了。結果，害得兵十不能給他媽媽吃鰻魚。他的媽媽想必就這樣死了。啊，她一定是一邊想著我想吃鰻魚、我想吃鰻魚，然後就死了。要是我不那樣惡作劇就好了。」

3

兵十在紅色水井邊磨麥子。
一直以來，兵十都跟媽媽相依為命，一起過著窮苦的日子，媽媽走了以後，就剩下他孤單一人了。
阿權從置物間的後邊看向兵十，心想：
「兵十跟我一樣，也變得沒依沒靠

了。」

阿權離開置物間，朝外頭走去，這時不知從什麼地方傳來叫賣沙丁魚的聲音。

「便宜的沙丁魚。新鮮活跳的沙丁魚喔。」

阿權朝這個吆喝聲跑去。這時，彌助

的太太在後門叫道：

「給我沙丁魚。」

賣魚的將推車停放在路邊，推車裡都是裝沙丁魚的簍子。他兩手捧著閃亮的沙丁魚，進到彌助的家中。阿權利用這個空檔，從簍子裡抓出五、六條沙丁魚，轉頭折回原路。然後，對著兵十家的後門，將沙丁魚扔進屋裡，扔完了，便朝著自己的洞穴跑去。中途，他在坡道上回頭望了一眼，看到遠處兵十那小小的身影，還在水井邊磨著麥子。

阿權心想，為了彌補之前拿走的鰻魚，自己總算做了一件好事。

第二天，阿權在山裡撿了一堆栗子，

他捧著栗子，朝兵十的家走去。他從後門往裡面探了探，看到兵十正在吃中飯，但是，他拿著碗，一副若有所思的樣子。奇怪的是，兵十的臉頰上有擦傷的痕跡。阿權正在想，到底發生了什麼事，就聽到兵十喃喃說道：

「到底是誰把沙丁魚這東西扔進來

的？害我被當成小偷，被賣沙丁魚的那傢伙狠狠揍了一頓。」

阿權心想這太糟了。可憐的兵十，被賣沙丁魚的毆打得滿臉是傷。

阿權一邊懊惱，一邊悄悄繞到置物間門口，放下栗子後，便回去了。

接下來幾天，阿權只要撿了栗子，就

拿到兵十的家。甚至，不只栗子，有一天他還放了兩三個松茸。

4

在一個月色美好的夜晚，阿權到外面蹓躂。當他從中山城主的城樓下方走過時，發現小路上，好像有人迎面走來。他聽到他們說話的聲音。還有金琵琶（一種蟋蟀）「唧鈴唧鈴」的叫聲。

阿權躲在路邊，按兵不動。說話聲越來越近了。原來是兵十和村民加助。

「加助，我跟你說。」兵十說道。

「說什麼？」

「我最近遇到非常奇怪的事。」

「怎麼說？」

「從我媽死了之後，不知道是誰，每天都會送栗子或松茸來給我。」

「咦，會是誰呢？」

「不曉得啊。每次都是趁我不注意時放的。」

阿權尾隨兩人。

「真的嗎？」

「真的啊。不信的話，你明天過來看看就知道了。我讓你看那些栗子。」

「咦，還真的會有怪事發生啊！」

說完，兩人靜靜的向前走。

加助突然朝後頭看了看。阿權嚇了一跳，縮起身子停住腳步。加助並沒有注意到阿權，繼續快步向前走。來到村民吉兵衛的家門口，兩人一塊兒進屋。屋內傳來「叩叩叩叩」敲木魚的聲音。窗紙映照出裡面的燈火，上面有個大光頭的影子在晃動。

「有人在念經。」阿權想想，在井邊蹲了下來。不久，又有三個人結伴進了吉兵衛的家。屋子裡傳來念經的聲音。

5

阿權一直蹲在井邊，等屋裡的人把經念完。這時他看到兵十和加助要回去了。阿權還想聽聽兩人說話，所以就跟在他們後頭，一路踩著兵十的影子前進。

來到城樓前，加助開口了：

「剛才你說的那件事，我猜一定是神

明動的手腳。」

「什麼？」兵十瞪大了眼睛，看著加助的臉。

「我從剛才一直都在想這件事，我總覺得不是人，是神，神明因為同情你孤孤單單一個人，所以才會送各種東西給你。」

「是這樣嗎？」

「是呀。所以，你每天都要好好的感謝神明。」

「嗯。」

阿權心想那傢伙好無趣啊。明明是我送栗子和松茸給兵十的，不跟我道謝，還說要感謝神明，真不值得啊。

6

第二天，阿權還是帶著栗子，去兵十的家。兵十在置物間前面搓繩子。於是阿權從後門悄悄進到屋裡。

就在那時，兵十正好抬起頭來。發現家中竟然來了一隻狐狸。之前偷走鰻魚的那隻狐狸，又要來搗蛋了。

「好傢伙！」

兵十站起身來，拿出掛在倉庫的火槍，將火藥塞滿。然後，躡手躡腳的朝正要走出大門的阿權靠近，對著他，「砰」的開了一槍。阿權應聲倒地。兵十跑了過來。他環顧家中，發現地上擺了一堆栗子。

「天啊！」兵十驚訝的看向阿權。

「阿權，是你嗎？每天送栗子給我的是你嗎？」

阿權癱軟無力的閉上眼睛，點了點頭。

兵十的火槍掉落地上。槍口正冒著一縷細細的青煙。

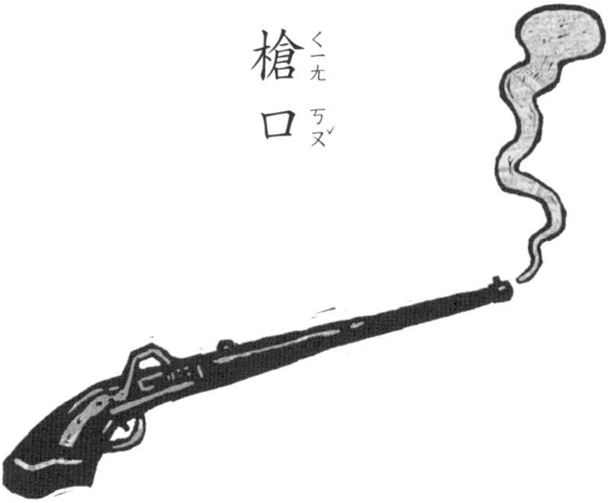

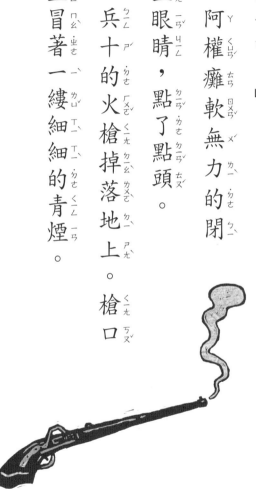

【導讀】

感動力超越時空的「心靈教科書」

張桂娥（東吳大學日文系副教授）

新美南吉出生於日本愛知縣半田市，是一位英年早逝卻留下許多雋永作品的文學青年。他自幼喪母，歷經父親再婚又離婚，異母胞弟出生後，他被送回生母娘家，過繼給外婆（生母的繼母）當養子，

不到幾個月，就因為無法承受孤寂的煎熬，又回到原生家庭，跟父親、繼母與新家族成員共同生活。從小文采出眾的南吉，十四歲開始創作童謠與童話，為孤寂人生找到釋放靈魂的出口。十六歲開始投稿文藝雜誌，在上大學之前，作品已陸續刊登在當時最受矚目的兒童文學刊物《赤鳥》。同時期，他還參加了童謠創作社團，並與詩人巽聖歌和與田準一結識，師事名詩人北原白秋，期間持續發表創作。一九三一年十月，十八歲的南吉撰寫童話〈權狐〉初稿，經改寫後，以〈狐狸阿權〉為題，刊載於一九三二年一月出版的《赤鳥》雜誌，積極拓展童話作家生涯。令人唏噓的是：自幼體弱多病的南吉，二十九歲出版生前唯一童話集《爺爺的煤油燈》之後，不幸病倒，與世長辭。

宛如彗星般發出璀璨閃光劃過天際的南吉，短短二十九年生命，卻留下令人讚嘆的豐碩創作成果，包括童話、小說、童謠、詩歌、俳句、短歌、劇本、戲曲、隨筆、評論、翻譯、雜文等，是位才華洋溢的全能作家。重要代表作品有：〈狐狸阿權〉、〈爺爺的煤油燈〉、〈買手套〉、〈拴牛的山茶花樹〉、〈花木村與盜賊們〉、〈久助君的故事〉、〈蝸牛的悲傷〉等。南吉逝世後，在巽聖歌四處奔走下，將他的重要作品出版為兩本童話集《拴牛的山茶花樹》與《花木村與盜賊們》，讓世人有機會探索南吉童話世界

的全貌。

南吉的作品主要以故鄉知多半島為舞臺，採用富含故事性的敘事手法，細膩刻劃庶民凡人的悲歡歲月、偏鄉兒童的純樸生活以及棲息鄉間田野的小動物們。故事主題著重於呈現人物間的心靈交流，傳述美好良善的生活方式，闡揚普世的價值觀。他的作品特色是文筆優美，意境雋永，內心刻劃巧妙生動，充滿令人耳目一新的幽默感。即使去世將近

八十年，仍然受到廣大讀者喜愛。

〈狐狸阿權〉是南吉最重要的代表作之一，也是出生於二次世界大戰後的日本人一生必讀的國寶級語文教材，被譽為日本最著名的兒童文學經典。

因為從來沒有一篇童話像〈狐狸阿權〉這樣，自一九五六年首次被收錄於日本小學四年級國語教科書之後，至今超過一甲子，從未間斷。即使進入二十一世紀的令和時代，仍廣受各大教科書出版社國語教材編審團隊青睞。

這篇故事情節雖屬虛構，但是南吉在形塑登場人物角色時，並非憑空捏造，而是巧妙融入鄉土文化元素，讓擬人化的幻想童話帶有濃濃的現實色彩。先讓讀者與登場人物產生共鳴，引領讀者透過「阿權」與「兵十」的視角，近距離體驗人狐互動交流的場景氛圍，讓讀者更容易融入故事情境，藉由移情作用，感同身受的體會故事人物的心境變化與情

緒波動。

這篇故事其實隱含許多問題意識，孩子在閱讀故事的過程中，心裡會不斷產生疑問。當他們將腦海浮現的種種疑問拋出來跟同儕互相討論，發表自己的感想與意見時，相信他們可以更深切的體會故事人物的心境變化。即使孩子無法用適切的語言表達複雜的體會歷程，但是隨著南吉的文字敘述堆砌出的情景，看到故事最後一幕發生的驚人場景時，所有讀者的內心大概同感震撼，久久不能言語吧！

當孩子跨越十歲界線，準備迎接青春期，容易產生莫名的焦慮情緒，〈狐狸阿權〉就是這種成長過度期的「心靈教科書」。這也是這篇作品六十五年來不曾被語文教材編審團隊「下架」的「神級」童話，之所以超越時空、歷久彌新，依然震撼人心的魅力所在。

國家圖書館出版品預行編目（CIP）資料

狐狸阿權 / 新美南吉文 ; 周見信圖 ; 林真美譯. -- 初版. -- 新北市 : 步步出版, 遠足文化事業股份有限公司, 2021.01
面； 公分
注音版
譯自 : ごん狐
ISBN 978-957-9380-78-2(平裝)

861.596 109017895

狐狸阿權
ごん狐

文 新美南吉
圖 周見信
譯 林真美
導讀撰寫 張桂娥

步步出版
執行長兼總編輯 馮季眉
編輯總監 周惠玲
總 策 畫 高明美
責任編輯 徐子茹
編 輯 戴鈺娟、陳曉慈
美術設計 劉蔚君

讀書共和國出版集團
社長 郭重興
發行人暨出版總監 曾大福
業務平臺總經理 李雪麗
業務平臺副總經理 李復民
實體通路協理 林詩富
海外暨網路通路協理 張鑫峰
特販通路協理 陳綺瑩
印務經理 黃禮賢
印務主任 李孟儒
發行 遠足文化事業股份有限公司
地址 231 新北市新店區民權路 108-2 號 9 樓
電話 02-2218-1417
傳真 02-8667-1065
Email service@bookrep.com.tw
網址 www.bookrep.com.tw

法律顧問 華洋國際專利商標事務 蘇文生律師
印刷 中原造像股份有限公司
初版 2021 年 1 月 初版二刷 2021 年 7 月
定價 260 元
書號 1BCI0017
ISBN 978-957-9380-78-2